EUGÈNE VERMERSCH

LETTRES A MIMI

SUR

LE QUARTIER LATIN

AVEC LE PORTRAIT DE MIMI

PAR CHARLES BENOIST

PRIX : 75 CENTIMES

PARIS

E. SAUSSET, GALERIE DE L'ODÉON

ET CHEZ TOUS LES LIBRAIRES

Y

Enfin, je vous ai trouvée,
Blondette fée à l'œil noir,
Avant même de vous voir
Mon cœur vous avait rêvée.

EUGÈNE VERMERSCH

LETTRES A MIMI

SUR

LE QUARTIER LATIN

AVEC LE PORTRAIT DE MIMI

PAR CHARLES BENOIST

> Avec nous l'on chante et l'on aime,
> Nous sommes frères des oiseaux;
> Croissez grands lys, chantez ruisseaux;
> Et vive la sainte bohême !
>> Th. de BANVILLE.
>
> Gais bacheliers, l'avenir vous contemple,
> Ressuscitez le vieux quartier latin.

PRIX : 75 CENTIMES

PARIS

E. SAUSSET, GALERIE DE L'ODÉON

ET CHEZ TOUS LES LIBRAIRES

TABLE

PENSERS D'IL Y A CENT ANS.

Pour tous les jours de bonheur
Que j'ai passés sur ton cœur,
    Coquette,
Je veux, naïf amoureux,
Payer d'un couplet ou deux
    Ma dette.

Rappelle-toi les dîners
Interrompus de baisers
    Par milles
Sur tes blonds cheveux follets,
Car c'était comme dans les
    Idylles.

A nos modestes repas,
Comme on prenait, n'est-ce pas,
    Ses aises!
Sur la table de bois blanc
En as-tu mangé souvent
    Des fraises!

Leur sang de pourpre coulait
Et souvent te barbouillait
    Les joues :
J'en baisais les trous mignons
Qu'y creusaient tes airs fripons,
    Tes moues.

Nous avions du linge blanc
Mis à table seulement
    Dimanche ;
Je laissais tomber du vin
Sur notre nappe de lin
    Si blanche,

Et j'étais alors grondé ;
Tu prenais un air guindé ,
    Vilaine ;
Te souviens-tu, j'en riais,
Et puis tu redevenais
    Sereine.

Ne penses-tu plus jamais
A nos meubles, vieux coquets,
    Grisette ?
Au grenier, vrai trou de rat,
A la cage où chantait la
    Fauvette ?

A ta chatte aux longs poils blonds
Qui poussait de doux *rons rons*,
    A l'âtre
Où chauffaient tes pieds d'enfant,
Où le punch dansait souvent
    Bleuâtre ?

Te souviens-tu quand l'Hiver,
Tout de flanelle couvert,
    Aux vitres
Frappant de ses doigts rougis,
Avait beau nous chanter dix
    Epîtres,

Autour du petit foyer
Qu'il faisait bon se chauffer
    Aux braises !
Je crois qu'il m'est arrivé
D'y jeter (ou j'ai rêvé
    Des chaises.

Lorsque le vent tout transi
Chantait tristement ainsi
    Qu'un râle,
Tu mettais sur notre lit,
Sur tes pieds, tu sais, Mimi,
    Ton châle.

Quand Mai verdissait les bois,
Nous allions courir, sans lois,
    Folâtres :
Nous écoutions, à Meudon,
L'écho dire la chanson
    Des pâtres.

Fous, nous chantions des couplets,
Ayant jusqu'aux genoux des
    Fougères,
Nommant les fleurs des ormeaux
Nos sœurs, nommant les oiseaux
    Nos frères.

O coteau de Villebon
Où nous mangions le jambon
    Bien rose,
Maintenant, coteau désert,
Comme vous avez un air
    Morose !

L'été, les moineaux têtus
Criaient sur les toits pointus
    Et frêles,
Les lèvres des fleurs s'ouvraient,
Les ramiers entrelaçaient
    Leurs ailes.

A la fenêtre, l'été,
Miroitait le velouté
    Des roses ;
Les volubilis d'amour
S'y balançaient tout le jour
    Sans poses.

Vois-tu, si le vent nigaud
Avait fait tomber d'en haut
    La caisse ?
Peut-être elle aurait tué
Notre portier effronté,
    Mais qu'est-ce ?....

L'été, saison des épis,
Des bluets et des blonds nids
    De mousse,
Un jour, au bois sombre et frais,
Nous irions, si tu voulais,
    Ma douce.

Quand la vendange venait,
Un beau matin on gagnait
    Suresnes,
Et tout le jour on buvait
Des tasses de vin clairet
    Bien pleines;

Parfois c'était Argenteuil
Où de raisins le bouvreuil
    Se grise,
Où, buvant le vin vermeil
Qu'un gai rayon de soleil
    Irise,

D'un pâté de gras pigeons
Sans soucis nous déjeunions
    Sur l'herbe,
Sans qu'un cuistre pût oser
Nous enjoindre de baisser
    Le verbe.

Mais ce beau temps s'est enfui,
L'on n'aime plus aujourd'hui,
    Ma chère;
Où donc est l'amour, dis-moi?
Bast!... que la terre lui soit
    Légère !

Reviens, ma pauvre Mimi,
Tu trouveras un ami
    En place
De l'amant aujourd'hui mort;
Oseras-tu dire encor :
    Tout passe !

... Le chagrin est un lourdaud
Qui ne vient jamais jusqu'au
    Sixième ;
Il se casserait le cou
En voulant monter jusqu'où
    L'on aime.

II

CHEZ HOFFMAN.

Hier, à minuit, comme un vrai Flamand,
J'allais chez Hoffman manger la choucroûte ;
La bière, en chantant, tombant goutte à goutte,
Joyeuse, emplissait le moos écumant.

Pensif, je songeais à nos conférences
Qui faisaient jurer Hoffman en fureur;
Alors nous buvions à l'art rédempteur,
A nos rêves d'or, à nos espérances.

Un éclair brillant dans tes yeux si doux,
Tu poussais, Mimi, ta chanson légère,
Grisette d'amour, Fantine sans mère,
Que Dieu dut créer pour les baisers fous,

Mais ce temps n'est plus; le présent recule ;
Point ne faut, hélas, aujourd'hui chanter
Et derrière moi j'entends disputer
La blonde Augustine avec Molécule.

Grisette aujourd'hui veut dire catin;
L'amour porte un col, un lorgnon d'écaille
Et dans un corset se serre la taille...
Où donc êtes-vous, ô Pays latin?

III

A VENDRE OU A LOUER.

Ma pauvre âme a bien faim d'amour :
Ouvre ton petit cœur, la belle !
     Tic, tac.
Aimons-nous vite, le Temps court,
Arrachons la plume à son aile,
     Tic, tac.

Dis ? où vont les fleurs du vallon
Et les feuilles blanches des ormes
     Tic, tac,
La bulle folle de savon
Et les léviathans énormes ?
     Tic, tac.

Rêve-t-on quelque chose au ciel
De plus pur que ta lèvre rose,
     Tic, tac,
Où souvent pour prendre son miel
L'abeille rieuse se pose ?
     Tic, tac.

Et Dieu lui-même a-t-il trouvé
Chez la Vierge aux mystiques voiles,
    Tic, tac,
Un idéal plus achevé
Qu'en tes yeux, rêveuses étoiles ?
    Tic, tac.

Je veux t'entendre gazouiller
Là, sur mon cœur, bien loin du monde,
    Tic, tac...,
Oh! la la! Tu peux te fouiller!...
As-tu, répondit l'enfant blonde,
    Le sac?...

IV

LA VIE AU QUARTIER LATIN.

Se prendre aujourd'hui, se quitter demain ;
Huit jours partager plaisir et souffrance ;
Au bout d'un sentier se toucher la main,
Le reste du temps marcher à distance ;

Pour avoir un *la* demander un *ut ;*
Avec tout son cœur aimer une femme
Qui part un beau jour en vous disant : zut!
Quand vous l'appeliez « ma vie ! » ou « mon âme ! »

Son roman fini, le refaire encor,
Où, quand a grondé maint et maint orage,
Au dernier chapitre arrive Ricord
Qui fixe, en riant, le prix de l'ouvrage ;

Prendre le bitter, café Mazarin ;
Déposer son cœur au coin de la rue ;
Au Belge, à minuit, lever la catin
Qu'on nomme aujourd'hui, je crois, une grue.

Les yeux sans regard, le cœur sans gaîté,
Aller à Bullier pincer des quadrilles ;
Se faire applaudir pour avoir sauté
Et vivre parfois aux crochets des filles,

Eh ! voilà la vie au quartier Latin,
Cependant, Mimi ! vois-tu, quand j'y pense
Le désir me prend de choisir demain
La Trappe ou Cîteaux pour lieu de plaisance.

V

FIGARO.

C'était un lundi pendant les vacances
Un soir que Clara dansait à Bullier ;
Près d'elle tournait un beau cavalier
Qui du fol amour pleurait les romances.

En mettant deux doigts dedans son gousset,
Il lui promettait miracle et merveille,
Se penchait parfois sur elle, à l'oreille
Disant à mi-voix d'un ton de fausset :

« Si tu veux m'aimer, si tu veux, la belle,
« Une fois par jour me chérir un peu
« Et vers moi tourner, étoile de feu,
« Bien pleine d'amour, ta fauve prunelle,

« Je te donnerai comme à Mogador
« Un coupé lilas, ta loge à l'année
Et tu passeras toute ta journée,
« Ivre de parfums dans la soie et l'or.

« Dis, ne veux-tu pas être ma sultane ?
« De Perse fumant le divin tabac,
« Tu boiras, glacé, le brun malaga,
« Pamée à demi sur une ottomane ;

« Tu seras la reine et ton négrillo,
« Sur le bout du pied, remuant les hanches,
« Tremblant, souriant, montrant ses dents blanches,
« Viendra t'allumer ton cigarillo.

« Si tu veux, passons un contrat sans clauses ;
« Nous nous marierons sans maire et curé ;
« Je fais de ta vie un rêve doré,
« Un sentier bordé de touffes de roses. »

Clara le suivit ; hélas ! ô douleur,
Le noble pacha logeait au cinquième
Dans un trou puant... Clara devint blême...
Pauvre enfant ! c'était un garçon coiffeur !

VI

PARCE QUE J'AVAIS FUMÉ MA PIPE.

Je me demandais pourquoi
L'on me regardait dimanche,
Le gandin fade au col droit
Et la fille à robe blanche ;
Desblins avec son archet
De temps en temps me montrait ;
Son gros sourcil tout froncé,
Bullier même d'un air sombre,
Me *guignait* — (un mot risqué
Que je mets là pour le nombre.)

Une fille dit en passant :
« Oh ! la la ! cette bonne tête
« A-t-il du chic ! c'en est gênant !
« Sans doute il va faire la quête ! »
Ahuri, honteux et chagrin
De ce sphinx dont j'étais l'œdipe,
Je m'examine à la fin...
Tiens !... j'avais fumé ma pipe..

VII

NINI L'ARSOUILLE.

A moi l'étudiant sauvage,
Un jour, voilà ce qu'on m'a dit :
« Quand j'arrivai de mon village
« On m'appelait tout court : Nini.

« J'avais vingt ans — j'étais lingère,
» Un carabin, au mois de mai,
« Qui cherchait une ménagère,
« Me dit : je t'aime. — Et je l'aimai.

« Ah ! je fus, je te le confie,
« Bien heureuse pendant six mois !
« Dame ! nous qui faisons la vie
« Nous n'avons ces jours qu'une fois.

« A deux nous vivions — antithèse, —
« Pauvres bohèmes, grands seigneurs ;
« Mais le jour qu'il passa sa thèse
« Fit deux étrangers de nos cœurs

« Je portai le deuil six semaines
« Autant qu'il peut m'en souvenir,
« Mais tu sais, nous sommes humains,
« Je retournai boire au plaisir :

« Quel triste sire le deuxième,
« Ce n'était plus *l'autre* du tout -
« Je ne parle du troisième,
« C'était un sot; *l'autre* était fou.

« Mais, à vingt-deux ans, j'étais mûre,
« Sachant tout aussi bien que toi ;
« L'on me battait quand j'étais dure,
« Et sage on se moquait de moi.

« Aujourd'hui l'on porte ma chaîne ;
« Me vengeant d'avoir trop aimé
« Je fume, je bois et je mène
« Les hommes par le bout du né.

« Mais au Quartier le nom se rouille,
« C'est pourquoi, mon cher, aujourd'hui
« L'on m'appelle : Nini l'Arsouille. »
Un jour, voilà ce qu'on m'a dit.

VIII

COLIBRI.

L'on n'en a point vu dans Séville
Qui puisse faire plus d'heureux;
Une toute petite fille
Avec des perles dans les yeux;

Elle est mignonne, elle est coquette —
Du Pradier ou du Canova —
Qui lève un coin de sa voilette?
N'approchez point! l'Amour est là.

Oh! certes elles sont moins belles,
Les brunes filles de Madrid
Avec leurs peignoirs de dentelles,
Avec leur long regard qui fuit,

Et leur mollesse castillane,
Et leurs basquines de satin,
Et leur teint doré de gitane,
Et cette main d'enfant, leur main.

Au fond du pavot, perle éclose
La rosée en pleurs brille moins
Que ses dents en sa bouche rose
Dont le Rire baise les coins.

Le sylphe autour d'elle folâtre —
C'est une chanson de Trilby
Qu'Amour cisela dans l'albâtre, —
Ange, son nom c'est Colibri.

IX

CARNAVAL.

Un masque
Agite son tambour de basque
En l'air ;
Les pierrettes
Font avec leurs castagnettes
Un bruit d'enfer.

La mine
Toute couverte de farine,
Pierrot
De ses manches
Tire en dansant ses mains blanches
En maître sot.

Manchettes,
Sabots sonores à bouffettes,
Un né
Peu sévère,
Mais grand comme père et mère,
Teint basané,

Deux bosses,
Derrière, devant, larges, grosses,
Un fol
A voix grêle
Imite Polichinelle
Comme à Guignol.

Un autre
Bariolé, le bon apôtre,
Vert, bleu,
Rouge et jaune,
A des gestes de vieux faunes
Et l'œil en feu.

Il flatte,
Sous un loup de velours et batte
En main,
Colombine,
Lui rit au nez, la lutine :
C'est Arlequin.

Grisettes,
Entonnez-nous des chansonnettes
D'amour ;
Fille sage,
Songez que bien vite l'âge
Vient du retour.

La danse
Fait oublier, sans qu'on y pense,
Le temps.
On s'embrasse
Cependant que le pied trace
Des pas charmants.

Bien vite,
Fillette, il faut que l'on profite
Des jours
Que, vorace,
Le Temps jette quand il passe
Pour les amours.

Regarde !
Tiens, voici déjà l'avant-garde
Qui part ;
Point de malles
Car on va souper aux hallés
Et sans retard.

Baratte,
Orné de sa blanche cravate,
Sourit
Car la foule
Arrive en courant, s'écoule,
Paye et s'enfuit.

Crevettes,
Côtes au persil, côtelettes,
Perdrau,
Des cuisines
Font monter leurs odeurs fines
Jusques en haut.

Serviette
Sur le bras et perdant la tête,
Garçons
En sourdine
Gourmandent dans la cuisine
Les marmitons.

Fifine,
Qui commande, dru tambourine
Bientôt
Sur les vitres,
Sur la table. — « Allons, des huîtres ! »
Crie un pierrot.

L'Espagne
Mêle son vin brun au champagne
Mousseux ;
Chinchinette
Va tomber dans son assiette
Grise pour deux ;

Lisette
Glisse et roule sous la banquette ;
Chicard
A l'œil morne ;
Cassandre éreinte un tricorne,
Pauvre pochard !

Montée
Sur la table, autre Galathée
Stella
Titubante
Gesticule, crie et chante :
Tire toi d'là !

Mais qu'est-ce ?...
Ah bast !... Madame la drôlesse, !
Vraiment
C'est l'aurore
Qui regarde Claire et Laure
En souriant.

X

SOUVENIR DU BAL MASQUÉ.

— A *Mimi.* —

Sous ta barbe de dentelle,
Sous ton loup de velours noir,
Quand je te vis l'autre soir,
Je te dis : « Vous êtes belle !

« Vous devez l'être du moins,
« Si j'en crois votre sourire :
« Les chauds baisers viennent lire
« Leurs leçons dans ses deux coins ; —

« Si j'en crois votre main blanche,
« Ce cou frissonnant et nu,
« Ce bras, qui ferme et dodu, —
« Semble gêné dans la manche ;

« Si j'en crois cet œil qui rit,
« Cette oreille de camée,
« Cette haleine parfumée,
« Ce torse ferme et poli ;

« Ce teint de femme Cosaque,
« Et ces seins, — neige d'amour —
« Galants qui se font la cour —
« Sous leur poids le corset craque.

« Chère, avec moi comme ami,
« Venez souper chez Vachette ; —
« Si vous n'êtes pas Musette,
« Vous devez être Mimi ! »

Ne vois-tu plus ma figure
Lorsque tu me dis, à moi
Tout ébahi : « Bah ! c'est toi !..
« Fais avancer ta voiture ! »

ENCORE!....

Eh bien, oui ! Je vous aime encore,
Trompeuse fille au cœur changeant,
J'aime encor ton œil de serpent
Et ton sourire fait d'aurore ;

Nous sommes tous de grands niais :
Quand on quitte son adorée,
On jure, parole sacrée,
Qu'on ne la reverra jamais ;

Puis quand l'on est un peu loin d'elle,
On se retourne en soupirant,
Car à l'aimer on se reprend,
Ce myosotis infidèle.

Au vaste océan de l'amour
Le Temps, insaisissable et frêle,
Trempe le bout de son aile
Quand l'Orient rit dans le jour ;

Et quand le soir, dans la feuillée,
Songeant au passé nous pleurons,
Il laisse tomber sur nos fronts
Des pleurs, de son aile mouillée.

XII

LES IDYLLES DU RUISSEAU.

Elle avait un peu de la femme
Et quelque chose de l'oiseau
Et cheminait, berçant son âme
Dans les Idylles du ruisseau. —

Elle vendait des violettes
Jadis aux portes de Bullier,
Avant qu'elle fît quelques dettes
Et fumât d'un air cavalier,

Aux passants, surtout aux passantes,
Disant — pauvre cher petit loup ! —
« Prenez mes fleurs, belles méchantes,
« Je donne un bouquet pour un sou ! »

Maintenant à *La Jeune France*
Où va l'étudiant en droit,
A *Mazarin*, à *l'Espérance*,
De l'absinthe ! — Madame en boit —

La voilà ! sa toque à l'oreille,
Ses fines bottes à glands d'or,
Sa robe aux pivoines pareille,
Sa voix *qui rend le son du cor.*

Pourtant cette femme si fière
Ne sera, dans sept ou huit ans,
Qu'une sordide chiffonnière ;
Ou, comme autrefois, aux passants

Dira, quelque soir de décembre,
A de lourds étudiants soûls ;
« Montez, beaux chéris, dans ma chambre,
« Je donne un baiser pour vingt sous ! »

3

LA VALSE.

A Louise *Voyageur.*

La Péri — de son pied rose, —
    La nuit close,
Valse sur le front des fleurs,
Si svelte elle se balance
    Que sa danse
Ne fane pas leurs couleurs ;

L'hirondelle se déploie
    Et tournoie
Au-dessus des clairs ruisseaux :
En volant comme une feuille
    Elle cueille
Une perle humide aux flots ;

La demoiselle frétille
    Et sautille
Sur les nénuphars dormants ;
Son aile verte s'agite,
    Et si vite,
Qu'on la croit sans mouvements.

Ta valse, ô ma bayadère,
　　　Est légère,
Est souple comme un roseau,
Plus svelte et plus emportée
　　　Que la fée,
La libellule et l'oiseau.

Sur ta taille frémissante
　　　Et tremblante
Le danseur pose sa main ;
La tête sur son épaule,
　　　Toi, ma folle,
Valserais jusqu'à demain ;

Mais une boucle indiscrète
　　　Est défaite
Et pend sur ton beau col blanc ;
Mais ta gorge de Madone
　　　S'abandonne
Aux baisers ivres du vent ;

Mais du plaisir la caresse
　　　Met l'ivresse
Dans tes grands yeux bleus noyés ;
Mais ton haleine brûlante
　　　Sort bruyante
Par souffles entrecoupés,

Qu'importe?... la nuit, lassée,
　　　Est passée :
Vois pâlir le lustre d'or !...
Mais toujours, toujours ta danse
　　　Recommence
Et tes pieds valsent encor !

XIV

A ?

J'aimais une bohémienne
Aussi jaune qu'un citron —
Un beau corps souple d'Indienne
Au fier profil, au bras rond ;

Pour son jupon à paillettes,
Pour son soulier de satin,
Quand elle arrivait, fillettes
Voyaient fuir leur galantin.

Quand elle dansait — légère
Comme l'oiseau dans les bois
Un vieillard docte et sévère,
Pensif, s'arrêtait parfois.

Pendant les bonds de sa danse
Vive comme un farfadet
Ou pleine de nonchalance,
Son corset moiré criait.

Dans ses grands yeux de créole
Son âme en éclairs passait
Ah ! mon Dieu ! la fille folle,
Fille folle que c'était !...

Pendant que dormait mon Ève,
Accoudé sur l'édredon,
Je voyais voler le Rêve
Qui venait baiser son front.

LA DOULEUR DE L'ÉTUDIANT.

OCCIDENTALE (1).

Qu'a donc l'étudiant ? disait l'humble grisette,
Il a bien mal tourné ce soir sa cigarette ;
Il regarde, chagrin, sa femme au pied cambré ;
A-t-il donc écorné les rentes de son père ?
Ou l'huissier noir est-il venu dans son repaire
    Déployer un papier timbré ?

Qu'a donc celui qui bâille aux cours de médecine ?
Disait à *Bouffe-tout* la bavarde Augustine ;
S'est-il dans un ruisseau couché tout de son long ?
A-t-il du calicot reçu quelque volée ?
Ou bien entr'aperçu dans sa nuit désolée
    Le brun Mürger assis entre Gagne et Ponson ?

Qu'a-t-il donc ? murmurait Bullier gorgé de bière,
Blanche a-t-elle jeté, pauvre femme en colère,
Le blanc et le carmin qui la font rajeunir !
Ou bien chez Ganivet, par un jour de déveine,
Sans argent et serré dans l'étau de la gêne,
    A-t-il vu le trente venir ?

(1) Voir la VIIe *Orientale* de Victor Hugo.

Qu'a donc le doux sultan? demandaient les sultanes,
A-t-il perdu Clara dans le bureau des cannes?
Et sa brune maîtresse aux lèvres de corail
S'est-elle fait jeudi siffler à Montparnasse?
Absent pendant trois jours, a-t-il trouvé sa place,
Prise par un cabot couché dans son sérail?

— Qu'a donc le maître? Ainsi s'agitent ses maîtresses
Et se trompent — Hélas! si, mort à leurs caresses,
Assis comme un guerrier qui dévore un affront,
Courbé comme un vieillard sous le poids des années,
Depuis trois longues nuits et trois longues journées
    Il croise ses mains sur son front,

Ce n'est pas qu'il ait vu son modeste héritage
Fondre comme au brasier fond la cire ou la lave,
Et *filer* en un jour l'existence d'un mois;
Ou d'un traiteur avare, odieux interprète,
Au seuil de son logis l'huissier passer la tête,
Des protêts dans les mains, avec un air sournois.

Hélas! le doux seigneur a dormi dans sa chambre;
Le commis trop zélé, quand arrive décembre,
Jusqu'au premier janvier trime dans son comptoir;
Dans un rêve, il a vu Mürger jeter l'obole
A Gagne, guitariste — au père Rocambole
    Qu'on prise au *Moniteur du soir*.

Ah! ce n'est pas non plus le teint-pastel de Blanche
Qui tout près de Desblins dansait encor dimanche;
Il a payé jeudi sa dette à Ganivet;
Mazarin, rassuré par lettre de notaire,
Joyeux, prête les mains aux noces qu'il veut faire
Et lui laisse augmenter le crédit qu'il avait.

Non, non, ce ne sont pas les clefs de Montparnasse,
Qui d'un sifflet aigu firent demander grâce
A Claire, et qui le font si sombre tout' le jour;
Qu'a-t-il donc le lion que la valse réclame,
Et qui, triste et rêveur, pleure comme une femme?...
On lui détruit son Luxembourg.

E. LE SOYE, IMPRIMEUR, PLACE DU PANTHÉON, 2.